KB019452

푸른사상 시선 177

소나무 방정식

푸른사상 시선 177

소나무 방정식

인쇄 · 2023년 5월 4일 | 발행 · 2023년 5월 12일

지은이 · 오새미
펴낸이 · 한봉숙
펴낸곳 · 푸른사상사

주간 · 맹문재 | 편집 · 지순이, 김수란, 노현정 | 마케팅 · 한정규
등록 · 1999년 7월 8일 제2-2876호
주소 · 경기도 파주시 회동길 337-16(서패동 470-6) 푸른사상사
대표전화 · 031) 955-9111(2) | 팩시밀리 · 031) 955-9114
이메일 · prun21c@hanmail.net
홈페이지 · http://www.prun21c.com

ISBN 979-11-308-2040-8 03810
값 12,000원

푸른사상
시선
177

매달린 소나무 한 그루 어쩌다 저 낭떠러지에 터를 잡았을까

부대껴 온몸이 근육질인 남자 등이 솟고 귀까지 잠이 [illegible]

소나무 방정식

오새미 시집

[illegible] 올리는 어깨가 무겁다 한 걸음 한 걸음 바위 속을 파고들 때마다 비상을 꿈꾸는 독수리 날개를 달고 천

[illegible] 맨발로 뛰어내리고 싶었을 것이다 깎아지른 절벽에서 얻은 방정식은 폭풍과 강수량이 변수 뿌리와 바위는

잡초와 억새 무성한 묵정밭
폭설에 얼어붙은 기억들
꽃씨를 틔우지 못할 줄 알았습니다

노란 숲속 두 갈래 길
된바람에 얼굴 따가웠지만
다 걸어본 후련함이 꽃망울로 부풉니다

허리 지나가는 수액은 얼음 밑에 봄의 마음
볼 수 없으나 감춰지지 않는
시의 피톨입니다

2023년 3월
오새미

| 차례 |

■ 시인의 말

제1부

상처를 위하여 13
옹이 14
달을 세일하다 15
소나무 방정식 16
꽃샘 문양 18
국수 말아주는 여자 20
바람의 무게와 질량을 측정하는 저녁 22
햇살 덮은 연두 24
바람의 선율 26
가을볕에 깃든 슬픔 27
새들의 바느질 28
트릴의 미학 30
등대한의원 32
태평무 34
노을국 36

제2부

매미 39
뜨거운 냄비 40
울음병창 41
바지는 발이 없다 42
비는 추락해야 산다 43
눈물의 껍질 44
장마 끝에 피는 꽃 45
한 치 앞을 모르는 꽃잎 46
가랑비주의보 48
꼬리가 처지다 50
하늘 굼벵이 52
바람의 겨드랑이를 간질이다 54
마림바 즉흥곡 56
울음의 장례 58
사라오름 59

제3부

토마토는 방울방울 63
가락병창 64
풀쐐기 66
세월의 매듭은 질기다 67
계단이 앓는다 68
간절기 69
가슴은 마르지 않는다 70
부부 71
사이시옷 72
레이어드 스타일 73
눈물은 부드러워진다 74
아마릴리스 76
구름을 우린 비 78
상고대 물고기 79
2월은 숨쉰다 80

제4부

눈물 감옥 85
손톱이 무뎌진다 86
하모니카 87
서번트증후군 88
동굴은 입만 벌리고 산다 89
필터버블 90
결 92
눈물을 말려 향기를 만든다 93
현수막은 잠들지 않는다 94
꽃으로 잠들다 96
따뜻한 밥상 98
가장 환한 밤 99
눈물을 잠재우는 강 100
겨울은 얼지 않는다 101
충전기 102

■ 작품 해설
시로 풀어보는 가족과 벼랑의 방정식 ― 이종섶 103

벼랑 끝에 매달린 소나무 한 그루 어쩌다 저 낭떠러지에 [illegible]
단단한 뿌리를 흔들지 못한다 세파에 부대껴 온몸이 [illegible]

제1부

[illegible]짓눌리는 어깨가 무겁다 한 걸음 한 걸음 바위 속을 파고들 때마다 비상을 꿈꾸는 독수리 날개를 달고 천 길 벼랑을 [illegible] 뛰[illegible]
[illegible]을 것이다 깎아지른 절벽에서 얻은 방정식은 폭풍과 강수량이 변수 뿌리와 바위는 등식 가느다란 촉수로 움켜쥐는 그 억센 힘 아무도 [illegible]

상처를 위하여

살며시 쏟아지는 찬별
수억 광년 이어온 꿈만 같아
발걸음 뗄 수 없다
겨울로 가는 길목
맑은 마음 찾는다
상처 남기지 않도록
어두운 터널에서
원망 헤치며 나아간다
어깨에 어린 별이 내려앉는 밤
덜하지도 더하지도 않는
간절한 노래
밤하늘에 울려 퍼진다

옹이

연두의 속삭임이 부드러운데도
돌처럼 무심한 옹이
바람결에 어루만져보는 흔적
딱딱하게 굳은 상처를
말랑한 나뭇잎으로 덮어주고 싶었네
메마른 기억 얼마나 힘들기에
바람을 만나면 눈을 감을까
귓바퀴에 박힌 말 한마디
꽃잎으로 가릴 수 없을까
어린 싹 꿈틀대는 간절한 손짓
푸른 피로 적어준 편지도 읽지 못해
지울 수 없는 후회가 어둠을 넘는 밤
초록 햇살 한 줌
이슬 젖은 옹이를 비쳐주네

달을 세일하다

달을 세일한다는 전단지
초저녁부터 늘어선 줄이 끝도 없다
무리 지어 피어난 달맞이꽃도
눈을 맑게 뜨고 하늘을 응시한다
덩달아 잎사귀 흔들어대며
날개를 펴는 바람의 재촉

노란 마음이 미루나무 잎새에 아른거린다
타임세일엔 보름달을 스쳐가는 면화구름도 있고
초승달의 속눈썹도 있다
별꽃송이 별똥별은 깜짝세일 품목
깊이 여울진 강물은
명품 세일하는 달의 자태

사그라들 줄 모르는 달의 명성
밤이 명품관이다

소나무 방정식

벼랑 끝에 매달린 소나무 한 그루
어쩌다 저 낭떠러지에 터를 잡았을까
모진 바람도
단단한 뿌리를 흔들지 못한다

세파에 부대껴 온몸이 근육질인 남자
등이 솟고 키까지 작아
뙤약볕이 그의 일터
죽기 살기로 암벽을 붙든다

타들어가는 갈증과 씨름하고
아득한 절벽을 마주 본다
위기의 벼랑에서
짓눌리는 어깨가 무겁다

한 걸음 한 걸음 바위 속을 파고들 때마다
비상을 꿈꾸는 독수리 날개를 달고
천 길 벼랑을 맨발로

뛰어내리고 싶었을 것이다

깎아지른 절벽에서 얻은 방정식은
폭풍과 강수량이 변수
뿌리와 바위는 등식

가느다란 촉수로 움켜쥐는
그 억센 힘
아무도 끌어내릴 수가 없다

바위를 더듬어 좌표를 새기는 두 손
소나무 힘줄은 벼랑에서 나온다

꽃샘 문양

이월 마지막은
어떤 문양을 새길까
소매 길이가 짧은데
시린 바람 속 아물지 않은 눈이
잿빛 머리카락 휘날리며
잇몸으로 깨문다
하얗게 물린 자국
사자 갈기에 쓸린 쌀가루가
순식간에 쏟아진다
햇살 묻은
매화 문양 환한 길
언 발은 뒤늦은 눈에 쩔쩔매고
이월의 바람은 송곳니를 보인다
때늦은 발을 동동거리며
궤도를 이탈하는 구름은
어떻게 화석이 되어가는지
해를 저장한 문신은
차갑고 뜨겁다

찬바람을 깨무는 얼굴이

흰 이빨을 드러낸다

국수 말아주는 여자

찬바람에 가슴팍이 시린
재래시장 좌판 한쪽 모퉁이
햇볕에 쪼그려 앉은 여자

뜨거운 김을 몰아가는
세찬 바람에 눈을 흘기며
보글보글 끓고 있는 육수가
주인을 기다린다

가느다란 면을 말며
세상을 향해 말을 거는 여자
앞치마에 배인 고단한 삶
반지하에서 묻어나온 눅눅함을 털어내며
손님을 맞이한다

반 년 후 시집보낼 딸아이
혼수 걱정에 사돈을 볼 면목이 없어
눈앞이 아득하다

점심에 국수 대여섯 그릇만 말아줬을 뿐
오후 내내 허탕 친 오늘

입을 다문 조개처럼
웃음기 없는 저 여인의 이야기를
누가 말아서 후루룩 먹어줄까

때늦은 시간
손님이 먹다 남긴 국수에
집에서 가져온 식은 밥 한 덩이 말아
허기를 달랜다

어둠이 그 여자를 말기 시작했는데도
마음이 풀어지지 않는 저녁

이불을 차내고 잠들어 있는 아이들이
국물 위에 둥둥 떠 있어
밤은 소화되지 않는다

바람의 무게와 질량을 측정하는 저녁

덩굴장미를 만지고 온 바람이
피에 젖은 손바닥을 보여주며
가슴에 묻어둔 이야기를 슬쩍 흘리는데
찔레꽃 사연이 박혀 있다

발이 묶인 바람은 붉은빛을 띠었고
날개 달린 얼굴은 하얗게
흔들리고 있었다

앉을 자리를 찾지 못해
한 무리의 바람을 토해놓고
무심하게 떠나버리는 구름버스
내일의 비를 머금고 골목으로 사라진다

허공으로 귀가하는 늦은 오후
낯선 그림자들의 어깨에 걸쳐 있는
한 짐의 무게

아무도 짐작할 수가 없어

멀어지는 별빛처럼 스러지는데

가시에 찔렸던 날들의 상처는
가여운 질량을 기록해놓은 빛바랜 잎사귀
물풀처럼 떠돌다 쓰러지기만 했던
텅 빈 저녁이 쓸쓸하다

밀도 높은 하루가 쌓이고 밤은
어둠의 가시를 퇴적하다 잠든다

제 발등을 찍힌 저녁
바람의 측량사는 얼굴이 없어
가시에 찔린 표정만 날아다닌다

햇살 덮은 연두

아를 광장 카페 테라스
노란 차양과 황금색 밤하늘
둘레길에 걸린 고흐 그림으로 쏟아지는
햇살이 눈부시다

삐죽삐죽 돋아난 잎새에 넘실거리는 파도
커피 들고 그림 밖 발코니로 나온 새들이
연푸른 소리를 칠한다

연분홍 꽃봉오리 바람에 한들거리는데
나비도 꽃도 없어 이슬 젖은 둑이 무너질 때
파릇한 가지에서 쉬어 간다
새벽별과 더불어 요정은
프로방스 목동을 은하의 강으로 건네주었다지

땅속에 회오리가 몰아치고
아지랑이 속살 아롱대는 날
뿌리가 꼬물꼬물 싹을 내밀자

세상을 꽃피우는 연두가 빛을 뿜는다

어둠을 덮어주고
햇살까지 아우르는 꽃씨

아름은 언제나 연둣빛이다

바람의 선율

바람에 몸을 맡기면
아련한 선율이 돌체로 흘러요
라르고에서 프레스토로 연주하며
들꽃 향을 묻혀 와요
티끌만 한 잘못에도 울컥하는 노여움
심장에 돌무더기 얹어 두드리는 저음
마음 다한 용서를 하면
첼로의 G선으로 출렁이는 물결이
달빛 흐른 뺨을 스쳐요
푸른 이파리 사이 열매를 붉히고
언덕 너머 구절초를 수놓으며
뒷모습 감추는 사람의 옷깃에
어울림 화음을 걸어둬요

가을볕에 깃든 슬픔

평상에 널어놓은 빨간 고추가
서서히 사위어갑니다
장마와 태풍에 찢겼던
생채기를 아물게 하는 계절
새파란 하늘 아래
바지랑대가 받치고 있는 빨래가 눈부신데
축축한 얼룩이 번져옵니다
펄럭거려 접히지 않는 슬픔
감나무에 걸어놓고
바람 부는 억새길로 향합니다
솜털 씨앗을 떨구며 가을볕을 쬐는
당신이 보입니다

새들의 바느질

가지와 잎사귀를 잇대어
한 땀씩 박음질에 열중하는 새들
공그르기 하다가 감침질을 하는
부리가 다부지다
바느질을 늦게 시작한 박새
둥지 앞을 오락가락
새 이파리 디자인한 지 엊그제
초록 물결 패션을 위해
라일락 향기 코끝을 간질이며
녹색 바람 촘촘하게 박아온다
물이 들판을 바느질하는 소리에
작은 두 눈 맑아질 때
곤줄박이는 꼬리로 바늘땀을 늘이고
황조롱이는 울음으로 끝단을 말아감친다
어린 새끼들이 생각났을까
오리나무 우듬지로 햇살이 저물고
둥지에 어둠이 깃드는 저녁
시침실이 보이는 떡갈나무 잎사귀

빨갛도록 바느질한 부리를

가만가만 어루만져준다

트릴의 미학

윤슬의 현란한 음표들
저녁 물결에 노을이 젖으니
갈매기 끼룩댄다

파도가 트레몰로를 연주하면
해변의 모래알도 춤추며
바다와 육지 사이 마디를 긋는다
밀물 썰물이 만드는 도돌이표
포말의 움직임 따라 악마의 트릴*을 반복한다

모래톱 협주곡이 끝날 무렵
무대 위의 두근거림
코모도**의 푸르고 고요한 물빛

제자리로 돌아와 그리움을 해갈하는 바다가
다시 내일을 준비할 때

수평선 트릴이 출렁인다

* 악마의 트릴 : 타르티니의 바이올린 소나타.

** 코모도 : 평온하게.

등대한의원

어두운 바닷길을 비춰주는 한의원
빛살무늬 침을 점검한다
커다란 원추형 불빛을 회전시키며
바다가 손짓할 때 진료를 시작한다
달빛 없는 밤에도 맥을 잘 짚어
기력이 떨어져 길을 찾지 못하는
선박들의 원기를 찾아준다
멀리서도 통증을 가라앉혀주니
난항을 겪다가도 미끄러지듯 항해한다
폭풍우가 휘몰아치던 밤
어선 한 척 뭍으로 접안할 때
사력을 다하여 버티었으나
거친 파도와 눈보라엔 역부족
신열로 입술이 까맣게 타들어가고
두 눈은 실핏줄로 빨개졌다
땀을 비 오듯 흘리며
불침을 놓기에 열중하는 한의사
딱 맞는 방법을 동원해

죽어가는 배를 소생시켰다
항구에 무사히 도착한 환자
안도감에 눈을 감은 한의사
찬란히 솟아오른 붉은 해가 비칠 때
바다는 한없이 고요했다

태평무

바람 따라 춤추는
풀들의 허리가 휘어진다

머리가 바닥에 닿고
깨금발띠기로 회전을 한다
허공으로 솟았다 내려올 때
꽃도 나비도 숨을 죽인다

발끝에 실리는 편안한 무게
뾰족한 가시도 따가운 쐐기풀도
바람결에 춤을 춘다

가슴 가득 함성이 터지면
뿌리까지 적시는 눈물

온통 모래밭뿐인 세상에서
손바닥으로 입을 막아도

끝내 새어 나오는 울음

남색 치맛자락 아래
살짝 드러나는 흰 버선코에
서러움이 물든다

노을국

해풍에 흔들리는 갈대숲 갯벌에
흰 새 떼와 농게가 들락거리는 오후
황금빛 노을이 쏟아진다

하루를 비워낸 국 한 그릇
구름을 끓여 만든 따끈한 육수
바람의 향기로 간을 맞추면
파도 맛 맛깔스럽게 우러난다

갈대밭 울음소리
물어뜯겨 출렁이는 그림자
가슴에 흥건히 젖을 때
붉게 울던 계절

가슴이 뜨거워지면
눈물도 따뜻해진다

제2부

매미

어두운 반지하에서
지상으로 올라온 가장의 잠꼬대가
단칸방을 맴돈다

뜨거운 냄비

쿠쿠 밥솥 수증기가 살아 움직인다
고사리 찌개에서 굴비 몇 마리
맵싸한 국물 머금고
펄펄 끓는 냄비
고춧가루 색깔로 달아오른다
표정을 끌고 다니는 열에
인삼 깊게 품은 닭 한 마리 걸어 나오고
야들한 애호박이
기름 위에서 산책한다
외식하기 싫고 배달 음식 물린 지 오래
뜨거운 사막 맨발로 걸으면
끈질기게 파고드는 정열에
검붉게 타오르는 사루비아
육수 만들어 쫄깃한 잔치국수 말아볼까
용암처럼 이글거리는 노여움
뚜껑 열린 주방에서
압력밥솥 잔소리가 뜨겁다

울음병창

땀이 흠뻑 젖는 여름날
익선관을 쓴 임금의 호령
불빛 환한 밤
온도 올라간 마당에서
구경꾼의 귓속을 파고든다
치열하게 소리하는
시퍼런 판소리 한마당
한이 서려 있는 수궁가는
굼벵이로 보낸 애절한 설화
발림 아니리를 섞어 부른다
핏빛 추임새를 넣으며
고수의 장단에 맞춰
관객을 압도하는 소리꾼
꽃 피고 나비 나는 곳에서
빈손으로 살다 가라고
피를 토하듯 완창한다
응어리 맺힌 나무를 뜯으며
울음병창을 한다

바지는 발이 없다

스스로 걷지 못하는 바지
한시도 마음을 내려놓지 못한다
누군가 발이 되어줘야 하는데
집에만 틀어박혀 있다 보니
가슴에 따끔따끔 통증이 온다

오랜 지병으로 누워 있는 남자
여자는 발이 되어준다
바람에 흔들리는 단풍잎을 보여주고
시원하게 쏟아지는 소나기 소리도 들려준다

남편은 바지만 남겨두고
야트막한 언덕 수목의 발이 되었다
남편을 찾아갈 때마다
발바닥 굳은살이 갈라지는 그녀

일터로 향하는 아침은 그대로인데
장롱 속에 접혀 있는 바지는
걸어 나오지 않는다

비는 추락해야 산다

구름을 떠나 지상에 내려오는 순간
날개가 돋는 비는
추락해야 살 수 있다
풀잎 위로 물방울 굴리고
꽃들의 가슴에 안기고 싶은 날
그리움의 발원지가 되어
바람 따라 쏟아진다
소나기에 꽃가루가 쓸려가고
맑은 물보라가 피어나는 자리
당신의 눈빛과 발자국이 묻어 있다
나뭇가지에 앉은 새 한 마리
날은 어두워지는데 걱정이 하염없다
산비탈이나 굴곡진 암벽을 타며
발끝이 떨리는 비는
추락해야 내일을 맞이한다

눈물의 껍질

흘러넘치는 빗물

가슴에 스미는 굵은 빗방울은

유연하게 발효된 결정체

울부짖는 사자의 맨얼굴

숨 몰아 쉬다 발 구르며 떨어진다

지나온 길에 떨어진 핏물 자국

회오리 비바람에 나무들의 머리채가 젖는다

잘려나간 시간들의 기억을

씻어낼 수 있을까

흰 물결이 몰아내는 깊은 밤

퍼부어대는 통곡을 한 겹 벗기면

안개 품은 눈물이

슬픔을 끌어안고 쏟아진다

장마 끝에 피는 꽃

장마에 갇힌 저녁
어둠을 밀어내는 가로등
이대로 날이 샐지도 몰라
느티나무 잎사귀에 떨어지는 빗방울
섬처럼 떠 있는 가슴에
통증을 뿌린다

별빛 달빛 헤치고 산등성이 넘어온 사람
하얀 새가 떠나간 숲에
얼룩진 그림자가 남긴 질척한 발자국
모서리가 닳아 먹먹하다

떨리는 심장 안고 지나온 길
개망초 흐드러지게 펼쳐진 능선
계곡물도 구불구불 눈물짓는
산 아래 천 리 길 그대
어느 하늘 아래 있을지

한 치 앞을 모르는 꽃잎

미나리 파릇하게 새순 돋아날 때
무성한 열정으로 이름표를 거는 꽃들
느닷없이 불어오는 바람은 안중에 없어
저녁이면 꽃등까지 환히 밝힌다

비바람 앞에서 순응하는 꽃잎들
봄비에 젖어 하얗게 떤다
낭떠러지로 구르며 흩어지는 꽃숭어리들
잎보다 꽃을 먼저 피워서일까
호된 질책에 붉은 비명이 떨어진다

황사가 덮칠까 두려워
하늘이 흐리기만 해도 가슴 떨린다
슬픔을 쏟아내는 투혼은
아무도 막을 수 없어
허공을 품고 찬란하게 떨어진다

응어리는 어둠 속에서도 녹일 수 있어

죽고 사는 것 외에는 못 할 일이 없다
바람 없는 날에도 떨고 있는 사시나무가
온몸으로 가르쳐준 말이다

가랑비주의보

외출을 할 때면 그 여자

돋보기를 챙긴다

노안과 완경에다 갱년기 증상

거울에 비치는 주름과 흐트러진 몸매

예전과 다른 모습이 서글프다

떨어진 머리카락 한 올의 무게

요실금으로 젖어드는 가랑이

때로는 질척거렸으나

자식들에게 보송보송한 보금자리를 꾸며주며

아무 탈 없이 살아왔는데

가랑이 사이에 내리는 가랑비

아랫도리에 비치는 빗물로

몸도 마음도 축축하게 젖는다

가랑이와 가랑비는 이응과 비읍 차이

물방울 같은 이응이 굴러와

양동이 같은 비읍에 고이기만 해서

지루하게 이어지는 노화의 장마

무릎에 차오르는 눈물

중년 고개는 빗길이어서

날마다 가랑비주의보가 발령된다

꼬리가 처지다

이곳저곳 기웃거리던 그림자

강물의 수초처럼 살다가
목줄기로 넘어오는 불덩이

젖은 낙타처럼 걸어온 것이다

갑자기 몰아치는 소나기
마음은 외로이 젖어가고
비바람은 사납게 소리친다

별들은 잘 쉬고 있을까
은하의 쓸쓸한 처마에서
젖은 얼굴 닦고 있을까

시커먼 천둥이 울리면
구름이 신음하는 소리

마음의 꼬리가 처지는 날

별처럼 아픈 눈물 씻어내고
구름처럼 바람을 탄다

하늘 굼벵이

하늘에 떠 있는 굼벵이
파란색 천에서 이리저리 구른다

무엇을 품고 있을까
바람을 따라가면
날개 달린 구름이 될 수 있을까

느리고 굼뜨지만
흔들리는 초록에 기대고
날아다니는 새들을 보며
물방울을 휘날린다

구르는 재주를 부려 비를 떨어뜨리면
진액은 산을 타고 흘러가다
땅속으로 스며든다

마른하늘이 갈증으로 타들어갈 때

걷잡을 수 없이 두근거리는 심장

약동하는 피돌기가
바짝 마른 바위의 뺨에 구른다

달빛을 받으며
힘든 기색 하나 없이 잘도 기어간다

관절이 없어
어디든 굴러갈 수 있는 굼벵이는
밟히면 하늘을 난다

바람의 겨드랑이를 간질이다

어둠에 잠겨 걸을 수 없을 때
겨드랑이를 간질이는 새싹처럼
연둣빛을 펄럭일 순 없을까

가슴이 쿵쿵 울리어 어지럽다
소용돌이치는 줄기들
뿌리에서 확장된 모세혈관
한데 모아졌다가 뿔뿔이 흩어졌다

어린 바람을 먹고 사는 긴 터널을 지나
기지개를 켜는 아침
바람을 타고 오르는 물관이
초록을 간질이며 눈을 감는다
우듬지에서 움찔거리며 노래하는 새들

상기된 얼굴로 사그락거리는 나뭇가지
생기롭게 손짓하는 웅성거림

뾰족이 돋아 오르며 내쉬는 숨소리

흘러가는 것들은 잇몸이 없다
옷 벗은 나무들이 푸른 내일을 그리며
숨겨둔 나이테 편지를 읽는다

바람을 건드리는 눈망울
세상 밖으로 한 걸음 나아가
뿌리를 내리고 잎을 틔운다

줄기줄기 뻗어가는 밤의 이파리
바람의 정원을 무성하게 물들인다

마림바 즉흥곡

검은 구름 하늘을 뒤덮어
습한 기운 몰려오면
통통 튀는 나무들
풀잎보다 둥근 소리를 낸다

굵은 빗방울이 바위를 두드릴 때
잔물결로 찰랑대는 풀꽃들
세찬 소나기가 말렛*으로 고음을 치면
새들의 메아리가 가득 찬다

나뭇잎 타고 하늘에 번지며
푸르게 울려퍼지는 물의 기운
폭우가 온몸으로 불협화음을 연주할 땐
물의 공명판이 진동한다

거센 비바람이 크레센도로 몰아쳐도
불안한 선율은 없어
측백나무에 작은 별 노래가 들리면

소소한 바람을 타고
안단테로 우듬지를 향하는 수액

비가 내리는 마림바 숲에
둥글고 부드러운 솔방울이
바닥을 두드린다

* 말렛 : 마림바 같은 건반 타악기를 연주할 때 치는 도구.

울음의 장례

강철 성대로 울어대는 매미
계절의 부고장 받고
붉은 가슴에 혈압이 올라
가던 길 잃고 헤매는 목숨들
허물 벗은 생이 짧다는 넋두리일까
막막한 땅속에서 몸부림치다
짧다란 징검다리 건너
하얀 강으로 운구되는 삶

곁에 서성이는 바람의 그림자
마지막 숨결에 가슴 젖으니
여름의 뼈마디 스러져가고
밤이면 풀벌레 소리 깊어간다
꿈쩍 않는 고통 속에 무거운 빈소
소복 걸친 허물이
줄지어 걸린
울음의 장례식이 한창이다

사라오름*

좀처럼 속살을 보여주지 않는다

삼나무 숲 위로 맴돌던 구름이

눈물방울로 느리게 내려앉으면

연갈색 치마폭을 수줍게 펼쳐

겹겹이 두르고 있는 물의 옷을 벗는다

간밤에 하얀 사슴은 물을 먹고 갔을까

머릿결을 흔드는 바람이 곱다

* 사라오름 : 한라산 정상에서 동쪽 능선에 비밀스런 호수 모습을 간직한 신비의 오름. 해발 1300고지. 작은 백록담이라고도 불린다.

제3부

토마토는 방울방울

해 질 무렵 다녀가는 소나기
방울방울 흐르는 붉은 계절의
빨간 눈망울이 보인다
토양이 기름진 덕분에
여섯 형제 까르르
마당을 노래하며 동그랗게 자란다
야무지게 다문 입술, 꽉 쥔 주먹
별들이 푸르게 맺힌 까만 밤에
붉은 방*에 모여 논다
열두 손주 빼곡한 뜨락
하늘 높은 발돋움에 구름도 가까워
주홍 잎새 물고 오는 새들
노을 거름 주는 하늘 텃밭 엄니에게
방울방울 붉은 편지를 쓴다

* 붉은 방 : 프랑스 화가 앙리 마티스 작품

가락병창

온 가족이 식탁에 둘러앉았다
아이들은 발을 건드리며
서로 장난치다 싸운다
투닥투닥 성장병창

소고기 미역국과 배추 겉절이에
노릇노릇 굴비 한 마리
일터에서 학교에서 돌아와
숟가락 젓가락 병창으로
함께 리듬을 탄다

어릴 적엔 포크를 썼지만
수저로 밥과 반찬을 먹으면서
명인이 되었다

마음이 오가는 저녁 식사
애기꽃이 노랗게 빨갛게 장단을 두드리면

웃음 잎사귀들이 춤을 춘다

장성하여 보금자리를 이룬 자식들
가락 비법을 전수받은
병창 가족이 탄생한다
명절에 만나는 식탁은
명창들의 무대가 된다

입맛을 눈빛으로 주고받는 가락병창
한 상 잘 차린 맛이 일품이다

풀쐐기

풋매실을 깨무는 시큼한 맛처럼
누구에게나 톡톡 쏘아대었던 풀쐐기

신맛 때문에 헤맨 날들
익기 위해 부딪히면서
모난 각을 둥글게 다듬은
몽돌의 시간

영혼을 일으켜 세우고
욕심을 끝없이 내려놓는다

풀쐐기의 기다림은
발효가 정답
거친 것들이 다 녹아내린다

세월의 매듭은 질기다

8자 모양으로 감다가 끝줄을 당기는
매듭은 데칼코마니
소신을 밝힌 칼럼으로 허벅지 찔려
매듭 흉터가 남은 사람
매 발톱처럼 예리하고
험준한 바위산도 넘을 수 있었는데
매듭이 풀린 채 벼랑 위에 섰다
피멍에 찢겨진 생채기
하늘을 우러르며 풀잎처럼 살아온 고집
묵은지만으로도 밥 한 공기 뚝딱했는데
붉은 눈물이 골짜기로 흘러간다
가시 돋친 회오리에 휘감기지 않고
은빛 날개로 비상하는 새
구름 걷힌 산봉우리 넘으면
밝은 햇살이 보일까
시퍼런 눈빛으로 떨어지는 검붉은 동백
처연한 달빛 속의 그림자가
바람 속에 잠든다

계단이 앓는다

가파른 숨 몰아쉬는 계단
짐승의 발톱 같은 자갈밭
고갯마루에서 비명이 새 나온다

발자국 흘러내린 계단이 앓는다
바람 따라 무너져내리는 듯
눈물이 별빛 속에 서늘한 날
가슴 졸여 밤을 지새우는데
계절이 기억을 증발시킨다

그림자가 밟히는 계단
날개를 퍼덕일 수 있을까
밤마다 편지를 써도
울부짖는 바람 소리 아랑곳없어
난간 아래 펼쳐지는 꽃들의 얼굴에
주름이 앓고 있다

간절기

사십에서 오십으로 건너가는데
깊이 박힌 가시가 보이네요
어깨까지 올라오는 통증
바람이 울어주고
별들도 노란빛을 뿌렸지요
한 사람을 품기까지
맘 졸이며 살았음을 알까요
어지러운 바람 속에서 헤매는
힘없는 새들이 안쓰러워
달리는 기차도 기적 소리만 울려요
강물에 떠 있는 흰 구름
물결로 번지는 푸른 맥박
하릴없이 뱅뱅 돌며
허공을 지나갈 때
묵은 가시가 따끔거리는 계절이
나를 건너가고 있어요

가슴은 마르지 않는다

꽃잎이 훨훨
풀숲에 무더기 무더기 피었다가
흩어지는 분홍 눈

바람이 말리는 물기에
초록 그래프가 길게 올라가는 날은
속이 지랄 같은 날

사소한 말 때문에 입을 닫은 여자
모서리에 받쳐
소리치고 싶은 저녁

된장 참기름에 머위나물 무치는데
눈물 한 방울의 양념은
마르지 않는다

부부

사우나 건물 쪽창의 뜨거운 수증기, 찬 공기와 마주치며 기세 높게 허공으로 뻗친다 새벽달이 나뭇가지에 걸리고 바람도 분주하다 영하 10도를 넘나드는 추위, 곤줄박이 한 쌍이 마실 온다 몸은 갈색에 머리는 검은데 흰 줄 가르마에 띠를 두르고 있다 날개를 파닥여 쪽창을 들여다보다가 나뭇가지에 쉬기를 반복한다 가녀린 발가락으로 걸터앉기 힘들었을 터, 따뜻한 수증기에 깃털을 부빈다 시간을 지키며 교대하는 배려, 쪽창 온천을 즐기자고 약속했을까 바라보던 해가 아침꽃을 선사한다

사이시옷

사람 인(人) 자와 닮은 시옷
연두와 빛 사이에 들어가면
꽃이 피어나고 나비도 난다

데면데면한 사이에
애틋한 ㅅ을 넣어주면
하얀 음성으로 소곤대는 귓속말

사소한 문제로 다툰 부부
사이시옷처럼 손을 벌려
서로 안아준다

세상이 어두워져도
시옷이 들어가면
하늘길에 구름꽃이 피어난다

백두산과 한라산을
오가는 새들이
사이시옷을 만든다

레이어드 스타일

여자 옷에 관심이 많은 남자
어울리는 아이템을 권하며
패션 감각을 과시한다
많은 시간을 투자해
핑크빛 여심을 가꾼다
방송에서 들려오는 명품 예찬론
신상 유행에 트렌드가 가미된다
서로 다른 옷을 입고
한 길을 가는 패션 커플
관계를 살려주는 베스트 핏
마음까지 함께 입는
레이어드 눈빛에
언제나 따뜻한 스타일링
먼 길이 가깝다

눈물은 부드러워진다

갑작스런 아버지의 죽음
저녁 어스름부터 밤을 꼴딱 새울 때까지
파랗게 질려 나오지 않았다

무거운 책가방을 들어주며 어깨를 토닥여주던 생각에
새벽 여명이 희슴프레 밀려와서야 터지는 울음
슬픔에 휘청였던 아이가 걸어 나온다

눈물은 슬픔의 성분에 따라 솟아난다
주체할 수 없는 오열을 삼키며
눈꺼풀을 닫는다

말랑해져 절절한 마음 무너져내릴 땐
고여 있는 심장을 비우며
돛을 펴고 떠나가는 배처럼 물결에 맡기자
바람에 파도에 사무치도록

가슴까지 차올라 넘실거리는 눈물이

세상에서 가장 부드러워질 때까지
펵펵 울게 놔두자

아마릴리스

올봄에도 눈을 감고 있었다

속눈썹에 이슬이 맺히던 날

불어오는 바람도 힘겨운 듯

무겁게 숙이고 있는 고개

생의 꽃대를 부러트린

신음 소리를 기억이나 할까

못다 한 말 두고 가신

아버지의 간절한 전언

환한 얼굴로 향기롭게 살아가렴

너를 아프게 한 것

네 삶을 흩어놓은 것은

쉽게 부러지는 나의 성미 탓이었으니

안개 속에서 들리는 속죄의 말

눈앞이 뿌옇다

구름을 우린 비

물빛 그렁한 털쌘구름
빗줄기 아픈 몸에 꽃씨를 뱉어낸다
싹을 틔우고 꽃을 피우면
상처가 빗물에 우러난다
채찍질로 남겨진 붉은 자국에
흘러내리는 꽃물
쓸쓸한 산모퉁이 원추리도
비에 젖어 황금색으로 번진다
지치고 무거운 세상살이
땅에 흥건히 스며드는 빗물
붉은 접시꽃이 피어난다
구름을 우려 가랑비를 음미하는 밤
빗물차 한 잔으로
통증을 다스린다

상고대 물고기

향적봉 상고대에서
스멀스멀 헤엄치는 물고기
수초 사이를 지나다니다
산등성이도 넘는다
부레는 수평을 유지하며
지느러미는 방향을 가늠한다
갈 길이 멀고 험한데
가시가 눈꽃에 걸린다
우윳빛으로 눈부시게 빛나는
상고대 물고기들
서리에 배인 노을이
서쪽으로 떠나면
하늘 끝까지 헤엄친다

2월은 숨쉰다

세상 물정에 무심한가 싶었는데
매화 앞세워 하얀 이마 보여준다

계곡에 매복한 바람이
사나운 말굽 소리를 내면
비명 지르며 뼈마디 드러내는
연두 눈에 햇살이 고인다

외로이 하늘에 떠 있는 낮달
구름도 바람도 멀뚱히 바라보는 산 그림자

햇살은 연보랏빛 파도를 타고
별들은 묵은 상처 다독인다
물관이 풀어내는 눈물샘의 설렘으로
감출 수 없는 꽃망울

혈관에 새파란 물이 오르고

그림자 떡잎에도 달빛의 손끝이 닿으면

푸른 피가 고요히
숨을 쉬는 것이다

제4부

눈물 감옥

아들을 사고로 가슴에 묻은 여자
사노라면 잊혀질 줄 알았다
돌처럼 굳어가는 심장
예리한 나사못이 박혀
물 한 방울 넘기지 못하는데
세상은 잘도 돌아간다
밤이면 별도 달도 떴다가
무덤처럼 새벽이 오고
아무 일 없다는 듯 무심하다
초점 없는 눈동자
찬 공기가 허파를 훑는다
텅 빈 하늘
애틋하게 물드는 저녁놀 가장자리까지
번져가는 신음
혈관에 떨어지는 눈물이
밤마다 갇힌다

손톱이 무뎌진다

봉숭아 꽃잎으로 손가락 싸매면
마음이 먼저 주홍빛으로 물든다
울게 할 수 없는
무뎌진 손톱

내일을 더듬으며 살아온 발자취
채송화 피어난 우물가에서
달 보며 그리던 온실
바람 따라 지나온 여정을 색칠한다

수많은 것들을 주무르며
빗물에 목을 축이다
햇살에 너울거리면
더욱 단단해진다

슬플 때 자라는
손톱 한 그루 심는다

하모니카

네모난 구멍에서
소리를 불러내는 바람
촘촘한 창문을 여닫을 때마다
울리는 얘기꽃이 구름밭을 드나든다

은밀한 집에 사는 멜로디
하얀 찔레꽃은 순수하게
붉은 장미꽃은 강렬하게
슬픔을 피워낸다

새털구름 아래 무지개를 불러내면
가슴에 펼쳐지는 안개는 안단테
허공의 음표들은
민들레 씨방을 노래했지

기억의 통로는 언제나 열려 있어
햇살이 문턱을 넘나든다
사각의 집이 줄줄이 이어지는 골목
숨소리가 대문을 흔든다

서번트증후군*

부질없이 묵은 낙엽 아래
축축한 저녁
자그만 봉분에 앉는 솔바람 소리
능이와 싸리버섯이 허기질 때
뽕나무 밑동에서 고개 드는 상황버섯
설레는 숨소리에 어둠이 숨어든다
살결은 매끄럽고 마음은 하얀데
울퉁불퉁 제 얼굴도 몰라
바람 불어도 꽃들이 말을 걸어도
미소를 짓지 못한다
수억 광년 달려온 별빛도
자리 잡고 집만 지키며
풀 향기를 삼킬 뿐이다
지는 해가 무심히 스치는 곳
늙지도 죽지도 않는
무덤은 평수만 늘어난다

* 서번트증후군 : 지능이 정상 이하이거나 감정이 제한적인 사람이 어떤 분야에서 특별한 재능을 보이는 증상.

동굴은 입만 벌리고 산다

이유도 모른 채 피했던 사람들
동굴 입구를 막아 모두 아사했고
사람 뼈만 발견됐다는 이야기

안으로 들어갈수록 암흑 세계
똑똑 떨어지는 물방울의 공음에
날개가 파닥거린다

밤에만 활동하고 낮에는 잠자는 박쥐
그날의 공포가 두려워 숨어 지낸다

들어갈수록 나가는 길이 보이지 않아
나가는 사람도 없다

동굴은 입만 벌리고 산다

필터버블

아픔이 쉬 지워지지 않은 그 여자
가족과 이별한 시간이
알록달록 흔들리고 있었다
비눗물은 비누보다 강해서
방울은 오랜 시간
입김을 불어넣으면 되살아나곤 했으나
그때마다 터지고 말았다
떠나버린 아들과 함께 살던 집에는
눈물방울이 가득했다
머릿속에 떠다녔던 동그란 종양들
실핏줄을 타고 온몸에 퍼졌다
터질 것 같은 보호막을 딛고
가슴 졸이며 빠져나온 저수지
부풀어 오르는 방울을 손으로 쥐면
흔적도 없이 사라져버렸다
보고 싶은 얼굴은 어디에 있을까
동그란 기포들이 속내를 숨긴 채
안개 낀 도시를 감싸고 있다

참고 있던 하품은 끝내 터지고 말 텐데

휘휘 떠다니는 눈동자들

눈꺼풀 속에 갇혀 잠이 든다

거품을 먹고 자라는 사람들이 둥둥 떠올라

비눗방울 속에 갇힐 때

기다림에 익숙해지는 그 여자

멀리 거품이 사라진다

결

구름과 산등성이 비쳐주는 강물
보여주는 대로 정직하게 흘러간다
감정 이랑으로 출렁일 때
노여움이 파장을 일으킨다

분홍의 살결엔
별 따러 가는 설렘이 있어
연한 풀잎에 생기 돋는 아침
매끈하고 촉촉한 결이 핏줄에 흐른다
나뭇가지에 걸린 어린 새들의 노래
새털구름 속에 번지는
복숭아 향이 언덕의 결을 만든다

마음을 다쳐 날개가 꺾였을 때
목줄기 타고 올라오는 그림자
손끝만 닿아도 갈라지는 여린 결
물고기가 물을 거슬러 올라가듯
나는 어디론가 가야 한다
돈데보이

눈물을 말려 향기를 만든다

산등성이 숨어드는 노을처럼
계곡으로 돌아오는 바람
수리부엉이 울음소리도 담아 오고
먹구름 눈빛도 묻혀 온다
둥지 잃은 어린 새들의 날갯짓
찢어진 생솔가지 사연이
타버린 낙엽 되어 흐르는 실개천
철쭉이 만발한 산 아래
은하수 항해하는 마음
혼란을 다스리기 위해
별 하나 삼키고
노란 빛줄기를 따라간다
부엉이 소리 사라질 때
다락방으로 비쳐드는 햇살
꽃내음 번지는 눈물을 말려
향기를 만든다

현수막은 잠들지 않는다

미세먼지 빽빽한 하늘
제2롯데가 뿌옇게 보이는 테헤란로

대기업 건물 벽에 붙은 현수막

산업재해 보상하라
뇌종양 내 아들 살려내라
손바닥으로 하늘을 가리겠는가

왜 길거리로 내몰렸을까
한 발자국도 내디딜 수 없다

도로 중앙에 늘어선 태극기
살짝 펄럭이다 만다
떨어진 나뭇잎은 구르기 바쁘고
가로수는 무심히 서 있는데

낡은 천막에서

노숙하며 말라가는 생필품

빛바랜 사연만 가득하다

꽃으로 잠들다

— 금산 칠백의총

온몸을 내던져
목숨을 각오하고 싸웠으나
생존자 단 한 명도 없이
무참했던 전투
칠백 혼령 한곳에 잠들었다
소박하게 살아가던 민초들이
왜군과 싸우다 순절할 때
검은 연기 가득했고
천둥소리 요란했다
충의가 솟구쳤던 계절
하늘은 푸르렀으며
새털구름도 피어났을까
천지가 멈춰버린 시간
흩어진 눈망울 찾아
산마루도 울먹이다 목이 쉬었다
칼에 베인 상처에 햇빛이 스며
시리도록 파란 새날
꽃처럼 폭발하고 싶었다

봉우리 넘고 넘어

붉은 벼락처럼 사라진 목숨들

깊게 사무친 한이

꽃으로 잠들었다

따뜻한 밥상

하얀 향기 흩뿌리며

귓속을 간질이는 구절초

차가운 말들이 차오른 귀를 씻어

따듯하게 짓는 귓밥

떠도는 꽃잎이

빗물에 하얗게 모이면

떼구름의 웃음으로

만드는 반찬

씨앗의 옹알이로

눈물이 익는다

가장 환한 밤

외딴섬 방파제 끝에서 뱃길을 밝혀요

어지러운 춤으로 철썩대며 아련한 불빛에 부서지는 은회색 물보라, 낮을 밤처럼 먹구름이 하늘을 뒤덮을 땐 맨발로 뛰어나갈 준비를 하죠

살을 깎는 찬바람이 불던 밤, 한 사람이라도 구하고자 눈에 불을 켜고 빛을 뿜어냈어요

눈보라에 만신창이가 되었지만 사투하며 살려낸 고깃배, 모두 가족 품에 안겼어요 홀로 사는 늙은 어머니와 막 울음을 터뜨린 아기도 만났어요

밤의 터널을 지나 가슴을 쓸어내려요 두툼한 어둠 속 파도 소리, 깊은 물속 차가운 송곳이 폐부를 찔러도 눈부신 햇살에 상처가 아물어요

오늘이 가장 환한 밤, 인적 없는 외딴섬에서 꺼졌다 켜졌다, 빛줄기가 천리를 가요

눈물을 잠재우는 강

포르릉 새소리 걸쳐 있는 나뭇가지에

바람이 들락거리고 석양도 앉았다 간다

꽃 피고 열매를 맺은 후

붉게 흘러가며 타오르는 무지개 빛깔

어린 목숨들 노랗게 익어가고

상처받은 기억은 빨갛게 물들어

서럽던 은하수가 구름 속에 숨겨버린 말들

코끝 서늘한 언덕에서 쌓인 얘기 나누고 싶었는데

올라오는 산그늘에 목이 메인다

이별 후에 내딛는 발걸음

붉게 우는 강이 눈물을 잠재운다

겨울은 얼지 않는다

이파리 떨군 계절의 몸짓
언덕을 배회하는 바람의 시린 영혼
심장에 뜨거운 피가 돈다
차가운 하늘에 날리는 눈발
눈송이가 접시꽃만 하다
얼음물에 손 담그며 뒷바라지하는
긴 문장의 쉼표들
슬퍼할 여유조차 없다
하얀 밤 지축을 흔드는 기적 소리
은하의 별밭으로 뛰어들까
골목 어귀는 쉬 어두워지고
얼어붙은 문짝은 비틀거린다
무량한 어둠 속을 빠져나가
아픈 무릎 부여잡고 바라보는 여명은
한겨울에도 얼지 않는다

충전기

녹색 눈망울이 빛나는 숲과
화려한 단풍의 너울을 건너다
얼음 때문에 방전되면
다시 충전하는 봄

시로 풀어보는 가족과 벼랑의 방정식

이종섭

오새미 시인의 세 번째 시집 제목은『소나무 방정식』이다. 표제시의 제목과 동일한 시집 제목에 특이하게도 "방정식"이라는 수학 표현이 나온다. 언뜻 보기에는 딱딱하고 건조하게 보일 수 있으나 사실은 더욱 내밀한 서정을 정교하게 구축하기 위한 설계도와 같은 틀이다. 넓고 깊고 높게, 그러면서도 아름답고 뛰어나게 건축을 하려면 정밀한 설계도가 필수적이기 때문이다.

방정식을 수학적으로 말하면, 어떤 문자가 특정한 값을 취할 때에 성립하는 등식이다. 변수를 포함하는 등식에서, 변수의 값에 따라 참이 되거나 거짓이 되는 식이다. 이때, 변수를 포함하는 등식이 변수의 값에 상관없이 항상 참인 경우는 항

등식이다. 이와 반대로 변수의 값에 따라서 참이 되기도 하고 거짓이 되기도 하는 식은 방정식이다. 그리고 등식을 성립시키는 특정한 값은 방정식의 근이고, 근을 구하는 것은 방정식을 푸는 것이다.

방정식의 원리에서 중요한 것은 변수의 값에 따라 참이나 거짓이 되는 것이다. 시로 풀어가는 삶의 등식에서 다루는 것은 인생일 테니, 그 인생에서 변수의 값에 상관없이 언제나 참인 경우는 나타나지 않을 것이다. 그래서 변수의 값에 따라 뒤바뀌는 인생을 방정식 인생이라 부르며, 인생은 그 방정식을 푸는 서사임을 긍정하게 된다.

> 덩굴장미를 만지고 온 바람이
> 피에 젖은 손바닥을 보여주며
> 가슴에 묻어둔 이야기를 슬쩍 흘리는데
> 찔레꽃 사연이 박혀 있다
>
> 발이 묶인 바람은 붉은빛을 띠었고
> 날개 달린 얼굴은 하얗게
> 흔들리고 있었다
>
> 앉을 자리를 찾지 못해
> 한 무리의 바람을 토해놓고
> 무심하게 떠나버리는 구름버스
> 내일의 비를 머금고 골목으로 사라진다

허공으로 귀가하는 늦은 오후
낯선 그림자들의 어깨에 걸쳐 있는
한 짐의 무게

아무도 짐작할 수가 없어
멀어지는 별빛처럼 스러지는데

가시에 찔렸던 날들의 상처는
가여운 질량을 기록해놓은 빛바랜 잎사귀
물풀처럼 떠돌다 쓰러지기만 했던
텅 빈 저녁이 쓸쓸하다

밀도 높은 하루가 쌓이고 밤은
어둠의 가시를 퇴적하다 잠든다

제 발등을 찍힌 저녁
바람의 측량사는 얼굴이 없어
가시에 찔린 표정만 날아다닌다

—「바람의 무게와 질량을 측정하는 저녁」 전문

「바람의 무게와 질량을 측정하는 저녁」은 방정식을 풀기 전의 상태를 보여준다. 또는 방정식을 풀어야 할 이유와 당위성을 짐작하게 한다. "덩굴장미를 만지고 온 바람이/피에 젖은 손바닥을 보여주"었기 때문이며 "가슴에 묻어둔 이야기를 슬쩍 흘리는데/찔레꽃 사연이 박혀 있"기 때문이다. 무엇이

어떻게 꼬였길래 어디서 어떤 식으로 무너졌길래 “발이 묶인 바람은 붉은빛을 띠었고/날개 달린 얼굴은 하얗게/흔들리고 있”는 것일까. 가다가 힘들면 좀 쉬기도 하고 그러다 지치면 주저앉아 넋두리라도 늘어놓으면 좋으련만 여전히 “앉을 자리를 찾지 못”하는 날들만 이어진다. 내일의 골목에는 구름이 토해놓은 바람과 구름이 머금고 있는 비만 감지될 뿐이다. 어쩌면 머지않아 “굵은 빗방울이 바위를 두드”(「마림바 즉흥곡」)리는 순간 “가슴에 스미는 굵은 빗방울”(「눈물의 껍질」)을 느낄지도 모른다.

집도 없고 일도 없는 상태인지, 아니면 집이 허공 같은 것인지 일도 일찍 마친 것인지, “허공으로 귀가하는 늦은 오후”에 “낯선 그림자들의 어깨에 걸쳐 있는/한 짐의 무게”만 더욱 무겁게 느껴진다. “아무도 짐작할 수가 없어/멀어지는 별빛처럼 스러지”기만 하는데 “가시에 찔렸던 날들의 상처는/가여운 질량을 기록해놓은 빛바랜 잎사귀”일 뿐이어서, “물풀처럼 떠돌다 쓰러지기만 했던/텅 빈 저녁이 쓸쓸하”기만 하다. 그런 저녁이 올 때마다 언제나처럼 “밀도 높은 하루가 쌓이고 밤은/어둠의 가시를 퇴적하다 잠”들곤 했다. 그렇게 잠든 밤이면 꿈처럼 그리고 꿈같이 이어지는 하루하루의 현실 속에서 “제 발등을 찍힌 저녁”이 펼쳐졌다. 누군지 알 수도 없고 보이지도 않는 “바람의 측량사는 얼굴이 없어/가시에 찔린 표정만 날아다”니고 있는 풍경 속에서 비명도 내지르지 못한 채 허우

적거리고 있을 뿐이었다. “가시가 눈꽃에 걸”(「상고대 물고기」)린 “축축한 저녁”(「서번트증후군」)이었다. “바람이 말리는 물기”(「가슴은 마르지 않는다」)만 어둠 속을 날아다니는 “표정을 끌고 다”(「뜨거운 냄비」)녔다. “날개를 펴는 바람의 재촉”(「달을 세일하다」)이었다.

벼랑 끝에 매달린 소나무 한 그루
어쩌다 저 낭떠러지에 터를 잡았을까
모진 바람도
단단한 뿌리를 흔들지 못한다

세파에 부대껴 온몸이 근육질인 남자
등이 솟고 키까지 작아
뙤약볕이 그의 일터
죽기 살기로 암벽을 붙든다

타들어가는 갈증과 씨름하고
아득한 절벽을 마주 본다
위기의 벼랑에서
짓눌리는 어깨가 무겁다

한 걸음 한 걸음 바위 속을 파고들 때마다
비상을 꿈꾸는 독수리 날개를 달고
천 길 벼랑을 맨발로
뛰어내리고 싶었을 것이다

깎아지른 절벽에서 얻은 방정식은
폭풍과 강수량이 변수
뿌리와 바위는 등식

가느다란 촉수로 움켜쥐는
그 억센 힘
아무도 끌어내릴 수가 없다

바위를 더듬어 좌표를 새기는 두 손
소나무 힘줄은 벼랑에서 나온다

—「소나무 방정식」 전문

「바람의 무게와 질량을 측정하는 저녁」은 「소나무 방정식」의 배경이자 이 시집 전체의 배경이다. 방정식으로 따지면 문제를 풀어야 하는 내용인 동시에 문제를 풀지 못한 내용이기도 하다. 삶의 식에 간간이 포함되는 변수의 값이 참으로 나타나지 못하고 오히려 거짓으로 나타나는 것처럼 그렇게 변수의 값을 지불하다가 또는 지불하지 못해서 "피에 젖은 손바닥"으로 "가시에 찔린 표정"(「바람의 무게와 질량을 측정하는 저녁」)을 어루만질 수밖에 없었다. 그러니 이제 「소나무 방정식」을 통해서 방정식의 근을 구해보자. 인생의 방정식을 풀어보자.

"벼랑 끝에 매달린 소나무 한 그루"는 인생 방정식의 출발이다. 인생이라는 등식에서 "벼랑"은 언제나 변수다. 등장 자체에 있어서 변수고, 기능이나 작용 같은 면에서도 역시 변수다. 그 "벼랑"이라는 변수의 값이 참인 '문제 없음'으로 항상 나타나지 않고 경우에 따라 '문제 많음'과 그로 인한 고통스런 상황까지 치닫게 함으로써, "벼랑"은 인생 방정식의 확실한 변수임을 알게 된다.

문제는 그 변수를 포함하는 인생의 등식을 살펴볼 때, "벼랑"이라는 변수가 다가온 것이 아니라 한 사람이 "벼랑"이라는 변수를 택했다는 것이다. "벼랑"이 그 사람을 택한 것이 아니라 그 사람이 "벼랑"을 택해 "낭떠러지에 터를 잡았"기 때문이다. 그러다 다행히 "모진 바람도/단단한 뿌리를 흔들지 못한다"고 했으니 이 사람에게는 "벼랑"이라는 변수의 값이 참으로 나타나는 것이어서, 그가 풀어가는 방정식은 "벼랑"이라는 배경이 주는 모든 것으로 인해 증명된다고 하겠다.

"낭떠러지"라는 변수를 극복하기가 얼마나 힘들었을까. 그 문제를 풀기 위해 "세파에 부대껴 온몸이 근육질"로 변했으며 "등이 솟고 키까지 작아"야 했다. "뙤약볕이 그의 일터"여서 "죽기 살기로 암벽을 붙"들어야 했다. 그럴 때마다 "타들어가는 갈증과 씨름하고/아득한 절벽을 마주" 보면 "위기의 벼랑에서/짓눌리는 어깨가 무겁"게 느껴졌다. "사력을 다하여 버티었으나/거친 파도와 눈보라엔 역부족"이라는 생각이 들 때가 많아서 "신열로 입술이 까맣게 타들어가고/두 눈은 실핏줄로 빨개"(「등대한의원」)졌다. 잠시 "하늘 높은 발돋움에 구름도 가까워"(「토마토는 방울방울」)지는 기분을 맛보기도 했으나, "살을 깎는 찬바람이 불던 밤"(「가장 환한 밤」)이 오면 "바람을 건드리는 눈망울"로 "세상 밖으로 한 걸음 나아가/뿌리를 내리고 잎을 틔"(「바람의 겨드랑이를 간질이다」)울 수 있는 날이 시야에서 아득하게 사라져버렸다.

때로는 "마음을 다쳐 날개가 꺾였을 때/목줄기 타고 올라오는 그림자" 때문에 "손끝만 닿아도 갈라지는 여린 결"(「결」)을 느껴야 했다. 그러다가 "상처가 빗물에 우러"나기라도 하면 "빗물차 한 잔으로/통증을 다스"(「구름을 우린 비」)렸다. 차를 마시면서 문득 떠오르는 생각은 나의 "삶을 흩어놓은 것은//쉽게 부러지는 나의 성미 탓이"(「아마릴리스」) 아니었을까 하는 것이었다. "흉터가 남은 사람"(「세월의 매듭은 질기다」)의 일기처럼. "생채기를 아물게 하는 계절"(「가을볕에 깃든 슬픔」)의 날씨처럼.

변수가 자신에게 다가온 것이 아니라 자신이 변수를 택한 숙명이었다. 아니, 하필이면 그런 변수를 만나야 했는지 그 숙명적인 만남이 평생 후회가 되었을지라도, 여기서 떨어지면 변수의 값에 굴복해 거짓의 나락으로 떨어지는 것밖에 되지 않아 "한 걸음 한 걸음 바위 속을 파고들"었다. 그럴 때마다 "비상을 꿈꾸는 독수리 날개를 달고/천 길 벼랑을 맨발로/뛰어내리고 싶"다는 아득한 충동에 맞닥뜨려야 했다. "벼랑"이라는 변수가 참이 아닌 거짓으로 내모는 날의 아찔한 찰나였다.

그러나 변수는 절대 선도 절대 악도 아니어서 그 변수의 값을 구하지 못하는 자에게는 변수의 값을 끝내 알려주지 않지만 그 변수의 값을 구하는 자, 아니 구하려고 하는 자에게는 변수의 값을 구하도록 참의 세계로 인도하는 성질이 있다. 그래서 "깎아지른 절벽에서 얻은 방정식"을 만들 수 있었다. "폭풍과 강수량이 변수"이며 "뿌리와 바위는 등식"이었다. 변수 안에 있는 변수였으며 등식 안에 있는 등식이었다. 마치 "어디든 굴러갈 수 있는 굼벵이는/밟히면 하늘을"(「하늘 굼벵이」) 나는 것과 같은 것이었다. "묵은 가시가 따끔거리는 계절"(「간절기」)에도 말이다.

그 세밀화된 또는 구체화된 변수와 등식을 푸는 근은 무엇일까. 그것은 바로 "가느다란 촉수로 움켜쥐는/그 억센 힘"이다. 가느다란데도 불구하고 움켜쥐는 힘은 "벼랑 끝에 매달린" 그를 "아무도 끌어내릴 수가 없"었다. 그 "억센 힘"이 근의 실체였다. "바위를 더듬어 좌표를 새기는 두 손"의 "힘줄은 벼랑에서 나온" 것이었다. "벼랑"이라는 변수의 값이 추락이 아닌 비상과 죽음이 아닌 삶으로 구해진 것이었다.

찬바람에 가슴팍이 시린
재래시장 좌판 한쪽 모퉁이
햇볕에 쪼그려 앉은 여자

뜨거운 김을 몰아가는
세찬 바람에 눈을 흘기며

보글보글 끓고 있는 육수가
주인을 기다린다

가느다란 면을 말며
세상을 향해 말을 거는 여자
앞치마에 배인 고단한 삶
반지하에서 묻어나온 눅눅함을 털어내며
손님을 맞이한다

반 년 후 시집보낼 딸아이
혼수 걱정에 사돈을 볼 면목이 없어
눈앞이 아득하다

점심에 국수 대여섯 그릇만 말아줬을 뿐
오후 내내 허탕 친 오늘

입을 다문 조개처럼
웃음기 없는 저 여인의 이야기를
누가 말아서 후루룩 먹어줄까

때늦은 시간
손님이 먹다 남긴 국수에
집에서 가져온 식은 밥 한 덩이 말아
허기를 달랜다

어둠이 그 여자를 말기 시작했는데도

마음이 풀어지지 않는 저녁

이불을 차내고 잠들어 있는 아이들이
국물 위에 둥둥 떠 있어
밤은 소화되지 않는다

—「국수 말아주는 여자」 전문

「소나무 방정식」에 이어 「국수 말아주는 여자」를 살펴보자. 「소나무 방정식」이 남자 버전이라면 「국수 말아주는 여자」는 제목처럼 여자 버전이라는 공통점이 있다. 그러나 「국수 말아주는 여자」는 「소나무 방정식」과 그 결이 다르다. 진행과 결말도 다르다. 변수가 언제나 같으면 변수가 아닌 것처럼 그 변수를 풀어가는 것 또한 각기 다른 변수에 맞게 다양한 형태로 나타나는 것이 맞기 때문이다. 또한 「소나무 방정식」은 남성이 부딪친 문제인 동시에 남성이 풀어가는 문제의 남성성 시라면, 「국수 말아주는 여자」는 여성이 부딪친 문제인 동시에 여성이 풀어가는 여성성의 시라고 하겠다.

"찬바람에 가슴팍이 시린/재래시장 좌판 한쪽 모퉁이/햇볕에 쪼그려 앉은 여자"는 「소나무 방정식」의 벼랑 끝에 매달려 살아온 남자와 유사하다. 방정식의 패턴이 비슷하듯이 인생의 방정식 패턴도 비슷해서 남자는 "벼랑"이고 여자는 "재래시장"일뿐 그 근본적인 배경은 동일하다. 남자의 자리가 수직의 위험한 곳이라면 여자의 자리는 수평의 낮은 자리일 텐데,

그곳에서 "뜨거운 김을 몰아가는/세찬 바람에 눈을 흘기며/보글보글 끓고 있는 육수가/주인을 기다"리고 있다.

여자는 말수가 없어서, 세상에 의해 말수가 없어진 사람이라서 여자가 "세상을 향해 말을 거는" 일이란 "가느다란 면을 말"아주는 방식밖에 없었다. "세상 물정에 무심"(「2월은 숨쉰다」) 해 보이는 여자의 삶이 얼마나 힘들었을까. "빛바랜 사연만 가득"(「현수막은 잠들지 않는다」)한 "앞치마에 배인 고단한 삶"으로 "반지하에서 묻어나온 눅눅함을 털어내며/손님을 맞이"하는 일상이다. "반 년 후 시집보낼 딸아이"만 생각하면 "혼수 걱정에 사돈을 볼 면목이 없어/눈앞이 아득"해진다. 결혼을 앞둔 딸을 위해서라도 국수를 많이 팔아야 할 텐데 "점심에 국수 대여섯 그릇만 말아줬을 뿐/오후 내내 허탕 친" 날은 앞치마에 더욱 그늘이 진다. "마음의 꼬리가 처지는 날"(「꼬리가 처지다」)이다.

그럼에도 그런 이야기를 어디 털어놓을 데가 없어 묵묵히 국수만 말아주는 여자. "입을 다문 조개처럼/웃음기 없는 저 여인의 이야기를/누가 말아서 후루룩 먹어줄까". 여자가 그 이야기를 말아주지 않으니 아무도 먹어줄 수 없을 터, 팔리지 않는 국수보다 들어주지 못하는 이야기가 불어가기만 하는 날들이다. 식사조차 제대로 챙겨 먹을 수가 없어 "때늦은 시간/손님이 먹다 남긴 국수에/집에서 가져온 식은 밥 한 덩이 말아/허기를 달"래는 날들이 허다했다. "곁에 서성이는 바람의 그림자"(「울음의 장례」)만 을씨년스러울 뿐, "바람 없는 날에도 떨고 있는"(「한 치 앞을 모르는 꽃잎」) 자신을 돌볼 겨를이 없었다.

비어 있는 뱃속의 허기가 위장을 마는 것처럼 "어둠이 그 여자를 말기 시작했는데도/마음이 풀어지지 않는 저녁"이 와 "얼룩진 그림자가 남긴 질척한 발자국"(「장마 끝에 피는 꽃」)을 따라 집으로 돌아가면, "이불을 차내고 잠들어 있는 아이들이/국물 위에 둥둥 떠 있"었고 그때마다 "밤은 소화되지 않"은 채로 꿈속에서 소화불량에 걸리기가 일쑤였다. "거친 것들이 다 녹아내"(「풀쐐기」)리기는커녕 오히려 시퍼렇게 살아 속을 쑤시는 밤이었다. "자식들에게 보송보송한 보금자리를 꾸며주"(「가랑비주의보」)고 싶은 한숨 섞인 걱정 때문이었을까.

이렇게 같은 방식으로 하루하루를 반복하며 살아야 했던 여자의 식을 어떻게 풀어야 할까. 이런 질문을 맞닥뜨리게 되면 우선 떠오르는 것이 여자의 방정식은 진행형이라는 것이다. 문제를 풀었다기보다 문제를 풀고 있는 과정, 문제 앞에 또는 문제 속에 던져진 인생이라는 것이다. 여자로서 또 어머니로서 재래시장에서 국수를 팔아야 했던 삶의 방정식에서 그녀의 변수는 무엇이었을까. 그 변수의 값은 어떤 것이었으며 어떻게 나왔을까.

한시도 마음을 내려놓지 못한다
누군가 발이 되어줘야 하는데
집에만 틀어박혀 있다 보니
가슴에 따끔따끔 통증이 온다

오랜 지병으로 누워 있는 남자
여자는 발이 되어준다
바람에 흔들리는 단풍잎을 보여주고
시원하게 쏟아지는 소나기 소리도 들려준다

남편은 바지만 남겨두고
야트막한 언덕 수목의 발이 되었다
남편을 찾아갈 때마다
발바닥 굳은살이 갈라지는 그녀

일터로 향하는 아침은 그대로인데
장롱 속에 접혀 있는 바지는
걸어 나오지 않는다

—「바지는 발이 없다」 전문

「국수 말아주는 여자」의 인생 등식에서 변수와 변수의 값은 숨어 있었다. 숨어 있을 수밖에 없었던 이유가 있었다. 그녀의 배경은 재래시장과 재래시장에 딸린 아이들이었을 뿐 그녀에게는 남편이 없었다. 남편의 자리가 보이지 않았다. 그 숨어 있는 변수의 존재와 변수의 값을 추적하는 것이 여자의 방정식을 이해하는 열쇠가 된다. 문제 자체를 제대로 파악하지 못하면 문제를 올바르게 풀 수가 없기 때문이다.

그런 의미에서 「바지는 발이 없다」는 「국수 말아주는 여자」의 방정식을 풀게 해주는 근의 역할을 한다. 그 근을 알아보기 위해 접근해보면 "스스로 걷지 못하는 바지" 때문에 "한시도 마음을 내려놓지 못"하는 누군가가 보인다. "누군가 발이 되어줘야 하는데/집에만 틀어박혀 있다 보니/가슴에 따끔따끔 통증이" 오는 현실이다. 그런 하루하루의 날들 속에 "오랜 지병으로 누워 있는 남자"를 위해 "여자는 발이 되어"주었다. 단순한 발, 생각만 하는 발이 아니라 실제적인 발, 현장 속에서 위해주는 발이 되었다. "바람에 흔들리는 단풍잎을 보여주고/시원하게 쏟아지는 소나기 소리도 들려"주었다.

그럼에도 불구하고 끝내 "남편은 바지만 남겨두고/야트막한 언덕 수목의 발이 되"고 말았다. "남편을 찾아갈 때마다" 그녀는 남편의 발로 살아야 했던 자신의 발에 통증이라도 찾아왔는지 "발바닥 굳은살이 갈라지는" 것을 느꼈다. 그렇게 남편의 발이 잘 있는지, 남편이 발이 되어준 나무는 새로 발을 달아 푸른 하늘을 잘 걸어다니고 있는지 마음으로 잘 살펴보고 온 그녀였다. 남편의 "발자국이 묻어 있"(「비는 추락해야 산다」)는 나무 주변을 가만히 쓸어보며 남편의 걸음을 느껴보고 온 그녀였다.

그런 다음 날에도 "일터로 향하는 아침은 그대로인데" 아직

까지 정리하지 않고 고이 접어 잘 보관하고 있는 남편의 옷가지들. "장롱 속에 접혀 있는 바지는" 오늘도 장롱 밖으로 "걸어 나오지 않"았다. "발끝에 실리는 편안한 무게"(「태평무」)만 뒤를 따라올 뿐이었다. "사노라면 잊혀질 줄 알았"(「눈물 감옥」)는데 "마음이 먼저 주홍빛으로 물"(「손톱이 무뎌진다」)드는 날이었다. 그런 날의 늦은 퇴근 시간에는 남편의 "숨소리가 대문을 흔"(「하모니카」)드는 것 같았다.

여자의 방정식에서 변수로 작용했던 남편. 여자는 남편이라는 변수의 값에 따라 지금 참과 거짓의 갈림길에 서 있다. 어디로 가야 할까. 문제를 어떻게 풀어야 할까. 그런데도 아직 문제가 풀리지 않는다. 해답을 못 찾고 있다. 아니, 해답을 풀 수 있을 것 같고, 또 이미 해답을 푼 것도 같은데 그 해답을 적어내지 못하고 있다. 여자 스스로 변수의 값을 정하지 않았기 때문이다. "남편"은 보내었으나 "바지"는 보내지 못한, 아니 보내지 않고 있는 여자의 마음에서 근이 아직 설정되지 못했기 때문이다.

> 포르릉 새소리 걸쳐 있는 나뭇가지에
>
> 바람이 들락거리고 석양도 앉았다 간다
>
> 꽃 피고 열매를 맺은 후

붉게 흘러가며 타오르는 무지개 빛깔

어린 목숨들 노랗게 익어가고

상처받은 기억은 빨갛게 물들어

서럽던 은하수가 구름 속에 숨겨버린 말들

코끝 서늘한 언덕에서 쌓인 얘기 나누고 싶었는데

올라오는 산그늘에 목이 메인다

이별 후에 내딛는 발걸음

붉게 우는 강이 눈물을 잠재운다

—「눈물을 잠재우는 강」 전문

「국수 말아주는 여자」의 방정식은 어떻게 되었을까. 그 해답은 「눈물을 잠재우는 강」에 있다. 「국수 말아주는 여자」의 등식에서 변수의 값은 정해지지 않았을지라도 그 변수의 성격이 이미 정해지고 있는 상태였기에, 변수의 값에 따라 참과 거짓으로 나뉘는 차원보다는 참으로 진행하고 있는 차원으로 이해해야 맞기 때문이다. 그 진행의 내용과 서사가 「눈물을 잠재우는 강」에 있다.

"남편은 바지만 남겨두고/야트막한 언덕 수목의 발이 되었"

기에 그런 "남편을 찾아갈 때"(「바지는 발이 없다」)면 "포르릉 새소리 걸쳐 있는 나뭇가지에/바람이 들락거리고 석양도 앉았다" 갔다. 예전과는 다르게 수목에 발이 생긴 덕분인지 "꽃 피고 열매를 맺은 후/붉게 흘러가며 타오르는 무지개 빛깔"에 여자의 가슴이 아련해졌다.

장사를 마치고 늦은 밤 집에 들어갈 때면 분주한 시장통에서 잠시 잊어버렸던 "어린 새끼들이 생각"(「새들의 바느질」)났다. "이불을 차내고 잠들어 있는 아이들이" 눈물 같은 "국물 위에 둥둥 떠 있어" 눈물을 마시듯 밤을 마셔도 "밤은 소화되지 않"(「국수 말아주는 여자」)을 뿐이었는데, 이제 "어린 목숨들 노랗게 익어가고/상처받은 기억은 빨갛게 물들어"갔다. "서럽던 은하수가 구름 속에 숨겨버린 말들"을 꺼내 "코끝 서늘한 언덕에서 쌓인 얘기 나누고 싶었는데" 듣고 싶었던 남편의 이야기보다 더 빨리 "올라오는 산그늘에 목이 메"었다. "뒷모습 감추는 사람의 옷깃"(「바람의 선율」)만 보이다 사라졌다.

"이별"이 없었으면 좋았을 텐데, 아니면 한 번의 "이별"로 끝났으면 좋았을 텐데, 그 한 번의 "이별" 뒤에 계속되는 현실의 "이별"이 이어지고 또 이렇게 "이별 후에 내딛는 발걸음"이 계속되었다. 남편이 발이 되어준 나무가 "응어리 맺힌 나무"(「울음병창」)가 되지 않기를 바라는 "아픔이 쉬 지워지지 않은 그 여자"는 "가족과 이별한 시간이/알록달록 흔들리"(「필터버블」)며 울음이 터지기 일보 직전. 그 울음을 감지했는지 여자의 울음보다 강이 먼저 울었고 강의 울음이 더 깊었다.

그 여자의 눈물을 차마 보기 힘들었을까. "붉게 우는 강이 눈물을 잠재"우고 "산마루도 울먹이다 목이 쉬"(「꽃으로 잠들다」)어버렸다. "구름이/눈물방울로 느리게 내려앉"(「사라오름」)는 날이면, "가슴까지 차올라 넘실거리는 눈물이/세상에서 가장 부드러워"(「눈물을 부드러워진다」)졌다. "내일을 준비"(「트릴의 미학」)하는 "눈물이 익는"(「따뜻한 밥상」) 순간이었다.

지금까지 살펴본 인생 방정식 문제와 그 문제를 풀어가는 방식에서 「소나무 방정식」과 「국수 말아주는 여자」는 여러모로 비슷하면서도 대조적이다. 문제가 발생하면서 그 문제를 극복해나가는 형태가 비슷하지만, 주인공이 남자와 여자인 점에서 대조가 되고 무엇보다도 그 성격에서 대조가 되면서 벼랑과 시장에 던져진 삶의 문제를 풀어가는 인생 방정식의 대조가 뚜렷하다.

그 방정식은 참과 거짓 사이에 놓여진 듯하지만 그 두 가지 사이에서 오새미 시인은 참의 문제 풀이에 집중하면서 참의 해답을 제시한다. "상처 남기지 않도록/어두운 터널에서/원망 헤치며 나아"(「상처를 위하여」)가는 것이 오새미 시인의 문제 풀이 방식이기 때문이다. "딱딱하게 굳은 상처를/말랑한 나뭇잎으로 덮어주고 싶"(「옹이」)은 마음에, "궤도를 이탈하는 구름은/어떻게 화석이 되어가는지"(「꽃샘 문양」) 모르는 세상에서도

"어둠을 덮어주고/햇살까지 아우르는 꽃씨"(「햇살 덮은 연두」)가 되고 싶은 마음을 간직하고 있기 때문이다.

오새미 시인이 보여주는 참의 해답에서 수학적 숫자로 가늠이 되는 차이는 인생의 형편과 상황의 다름과 높낮이로 나타나지만 그렇다고 해서 그것이 오답은 아니고 다만 숫자의 차이와 같은 수량적 차이일 뿐이다. 그런 관점에서 오새미 시인의 첫 시집 제목이 『가로수의 수학 시간』이었다는 것을 감안하면 이번에 세 번째 시집이 되는 『소나무 방정식』은 그 첫 시집이 구축한 시 세계의 연장선에서 더욱 정교하고 더욱 깊어진 시 세계를 보여준다. 두 번째 시집 제목이 『곡선을 기르다』여서 여기의 "곡선" 또한 수학적 "곡선"의 의미를 담보하고 있는 가능성이 충분하다. 동시에 "곡선"을 '기르는 행위 또는 삶'을 드러내는 "기르다"도 방정식을 풀어가는 인생의 그것을 암시한다.

그러므로 세 번째 시집을 통해서 드러내는 오새미 시인의 시 세계는 수학적 바탕의 정교하고도 정확한 설계도 위에 인생의 서사와 서정을 씨줄과 날줄 삼아 직조해낸 가족의 서정화라고 하겠다. 수학적이면 눈물이 없이 건조할 것 같은데 오히려 그 반대다. 수학적이면서도 눈물이 많다. 눈물이 풍부하면서도 수학적인 가족 서사다.

오새미 시인의 이런 현상을 어떻게 규명하면 좋을까. 딱딱한 질감이 품은 서정. 건조한 숫자가 품은 서사. 이렇게 말하면 될까. 오새미 시인의 의지가 투영된 세 번째 시집 제목『소나무 방정식』은, 이제 본격적으로 오새미 시인의 시 세계를 펼치기 위해 대항해의 준비를 마쳤다. 웅비의 날개를 높이 들어 올리는 순간을 맞이했다. 그 힘찬 날갯짓으로 날아가 앉을 다음 시집의 확장성이 어떻게 구현되어 우리 앞에 나타날까. 그날은 가족이라는 대상을 시의 미적분과 접목해 형상화함으로, 한 차원 높은 시 세계의 미지성을 열어 보여주는 날이 되지 않을까.

이종섶 | 시인, 문학평론가

푸른사상 시선

1 **광장으로 가는 길** | 이은봉 · 맹문재 엮음
2 **오두막 황제** | 조재훈
3 **첫눈 아침** | 이은봉
4 **어쩌다가 도둑이 되었나요** | 이봉형
5 **귀뚜라미 생포 작전** | 정원도
6 **파랑도에 빠지다** | 심인숙
7 **지붕의 등뼈** | 박승민
8 **살찐 슬픔으로 돌아다니다** | 송유미
9 **나를 두고 왔다** | 신승우
10 **거룩한 그물** | 조항록
11 **어둠의 얼굴** | 김석환
12 **영화처럼** | 최희철
13 **나는 너를 닮고** | 이선형
14 **철새의 일인칭** | 서상규
15 **죽은 물푸레나무에 대한 기억** | 권진희
16 **봄에 덧나다** | 조혜영
17 **무인 등대에서 휘파람** | 심창만
18 **물결무늬 손뼈 화석** | 이종섶
19 **맨드라미 꽃눈** | 김화정
20 **그때 나는 학교에 있었다** | 박영희
21 **달함지** | 이종수
22 **수선집 근처** | 전다형
23 **족보** | 이한걸
24 **부평 4공단 여공** | 정세훈
25 **음표들의 집** | 최기순
26 **나는 지금 운전 중** | 윤석산
27 **카페, 가난한 비** | 박석준
28 **아내의 수사법** | 권혁소
29 **그리움에는 바퀴가 달려 있다** | 김광렬
30 **올랜도 간다** | 한혜영
31 **오래된 숯가마** | 홍성운
32 **엄마, 엄마들** | 성향숙
33 **기룬 어린 양들** | 맹문재
34 **반국 노래자랑** | 정춘근
35 **여우비 간다** | 정진경
36 **목련 미용실** | 이순주
37 **세상을 박음질하다** | 정연홍
38 **나는 지금 외출 중** | 문영규
39 **안녕, 딜레마** | 정운희
40 **미안하다** | 육봉수
41 **엄마의 연애** | 유희주
42 **외포리의 갈매기** | 강 민
43 **기차 아래 사랑법** | 박관서
44 **괜찮아** | 최은묵
45 **우리집에 왜 왔니?** | 박미라
46 **달팽이 뿔** | 김준태
47 **세온도를 그리다** | 정선호
48 **너덜겅 편지** | 김 완
49 **찬란한 봄날** | 김유섭
50 **웃기는 짬뽕** | 신미균
51 **일인분이 일인분에게** | 김은정
52 **진뫼로 간다** | 김도수
53 **터무니 있다** | 오승철
54 **바람의 구문론** | 이종섶
55 **나는 나의 어머니가 되어** | 고현혜
56 **천만년이 내린다** | 유승도
57 **우포늪** | 손남숙
58 **봄들에서** | 정일남
59 **사람이나 꽃이나** | 채상근
60 **서리꽃은 왜 유리창에 피는가** | 임 윤
61 **마당 깊은 꽃집** | 이주희
62 **모래 마을에서** | 김광렬
63 **나는 소금쟁이다** | 조계숙
64 **역사를 외다** | 윤기묵
65 **돌의 연가** | 김석환
66 **숲 거울** | 차옥혜
67 **마네킹도 옷을 갈아입는다** | 정대호
68 **별자리** | 박경조
69 **눈물도 때로는 희망** | 조선남
70 **슬픈 레미콘** | 조 원

71 **여기 아닌 곳** | 조항록
72 **고래는 왜 강에서 죽었을까** | 제리안
73 **한생을 톡 토독** | 공혜경
74 **고갯길의 신화** | 김종상
75 **고개 숙인 모든 것** | 박노식
76 **너를 놓치다** | 정일관
77 **눈 뜨는 달력** | 김 선
78 **거꾸로 서서 생각합니다** | 송정섭
79 **시절을 털다** | 김금희
80 **발에 차이는 돌도 경전이다** | 김윤현
81 **성규의 집** | 정진남
82 **번함 공원에서 점을 보다** | 정선호
83 **내일은 무지개** | 김광렬
84 **빗방울 화석** | 원종태
85 **동백꽃 편지** | 김종숙
86 **달의 알리바이** | 김춘남
87 **사랑할 게 딱 하나만 있어라** | 김형미
88 **건너가는 시간** | 김황흠
89 **호박꽃 엄마** | 유순예
90 **아버지의 귀** | 박원희
91 **금왕을 찾아가며** | 전병호
92 **그대도 내겐 바람이다** | 임미리
93 **불가능을 검색한다** | 이인호
94 **너를 사랑하는 힘** | 안효희
95 **늦게나마 고마웠습니다** | 이은래
96 **버릴까** | 홍성운
97 **사막의 사랑** | 강계순
98 **베트남, 내가 두고 온 나라** | 김태수
99 **다시 첫사랑을 노래하다** | 신동원
100 **즐거운 광장** | 백무산 · 맹문재 엮음
101 **피어라 모든 시냥** | 김자흔
102 **염소와 꽃잎** | 유진택
103 **소란이 환하다** | 유희주
104 **생리대 사회학** | 안준철
105 **동태** | 박상화
106 **새벽에 깨어** | 여국현
107 **씨앗의 노래** | 차옥혜
108 **한 잎** | 권정수
109 **촛불을 든 아들에게** | 김창규
110 **얼굴, 잘 모르겠네** | 이복자
111 **너도꽃나무** | 김미선
112 **공중에 갇히다** | 김덕근
113 **새점을 치는 저녁** | 주영국
114 **노을의 시** | 권서각
115 **가로수의 수학 시간** | 오새미
116 **염소가 아니어서 다행이야** | 성향숙
117 **마지막 버스에서** | 허윤설
118 **장생포에서** | 황주경
119 **흰 말채나무의 시간** | 최기순
120 **을의 소심함에 대한 옹호** | 김민휴
121 **격렬한 대화** | 강태승
122 **시인은 무엇으로 사는가** | 강세환
123 **연두는 모른다** | 조규남
124 **시간의 색깔은 자신이 지향하는 빛깔로 간다** | 박석준
125 **뼈의 노래** | 김기홍
126 **가끔은 길이 없어도 가야 할 때가 있다** | 정대호
127 **중심은 비어 있었다** | 조성웅
128 **꽃나무가 중얼거렸다** | 신준수
129 **헬리패드에 서서** | 김용아
130 **유랑하는 달팽이** | 이기헌
131 **수제비 먹으러 가자는 말** | 이명윤
132 **단풍 콩잎 가족** | 이 철
133 **먼 길을 돌아왔네** | 서숙희
134 **새의 식사** | 김옥숙
135 **사북 골목에서** | 맹문재
136 **왜 네가 아니면 전부가 아닌지** | 정운희
137 **멸종위기종** | 원종태
138 **프엉꽃이 데려온 여름** | 박경자
139 **물소의 춤** | 강현숙
140 **목포, 에말이요** | 최기종
141 **식물성 구체시** | 고 원
142 **꼬치 아파** | 윤임수
143 **아득한 집** | 김정원
144 **여기가 막장이다** | 정연수
145 **곡선을 기르다** | 오새미
146 **사랑이 가끔 나를 애인이라고 부른다** | 서화성
147 **더글러스 퍼 널빤지에게** | 백수인
148 **나는 누구의 바깥에 서 있는 걸까** | 박은주

149 **풀이라서 다행이다** | 한영희
150 **가슴을 재다** | 박설희
151 **나무에 기대다** | 안준철
152 **속삭거려도 다 알아** | 유순예
153 **중딩들** | 이봉환
154 **수평은 동무가 참 많다** | 김정원
155 **황금 언덕의 시** | 김은정
156 **고요한 세계** | 유국환
157 **마스카라 지운 초승달** | 권위상
158 **수궁가 한 대목처럼** | 장우원
159 **목련 그늘** | 조용환
160 **그대라면, 무슨 부탁부터 하겠는가** | 박경조
161 **동행** | 박시교
162 **광부의 하늘이 무너졌다** | 성희직
163 **천년에 아흔아홉 번** | 김려원
164 **이별 후에 동네 한 바퀴** | 이인호
165 **무릉별유천지 사람들** | 이애리
166 **오늘의 지층** | 조숙향
167 **오른쪽 주머니에 사탕 있는 남자 찾기** | 김임선
168 **소리들** | 정 온
169 **울음의 기원** | 강태승
170 **눈 맑은 낙타를 만났다** | 함진원
171 **도살된 황소를 위한 기도** | 김옥성
172 **그날의 빨강** | 신수옥
173 **의지와 표상으로서의 세계이니** | 박석준
174 **촛불 하나가 등대처럼** | 윤기묵
175 **목을 꺾어 슬픔을 죽이다** | 김이하
176 **미시령** | 김림

소나무 방정식

오새미 시집